Grays Sport-Almanach

Inhalt

Warnung: Das Ausnutzen von Wissen über die Zukunft kann schädlich sein und sollte von keinem Zeitreisenden getan werden. 4

American Football 5

American Football Team Ranglisten Regeln 6

Wie man auf American Football wettet 9

Prognosen der besten American-Football-Teams 2022-2050 12

Super Bowl Ergebnisse 2022-2050 15

Champions League 2022-2050 17

Europäischer Fußball 20

Regeln für die Qualifikation zum europäischen Fußball 22

Wie man auf europäischen Fußball wettet 24

Prognosen der europäischen Spitzenfußballmannschaften 2022-2050 29

Ergebnisse Bester Spieler (Goldener Ball) 2022-2050 35

Tennis 37

Durchführung von Spielerranglisten und großen Turnieren 38

Prognose für die besten Tennisspieler 2022-2050 41

Ergebnisse der großen Tennis-Masters-Slam-Turniere 2022-2050 47

Basketball 56

Wie NBA- und Europa League-Basketballwettbewerbe funktionieren 57

Wie man auf Basketball wettet 62

NBA und Europa League Basketball - Vorschauen der Top-Teams 67

NBA und Europa League 72

NBA League Champions 2022-2050 Ergebnisse 73

Baseball 75

Vorhersagen für große Baseballmannschaften 76

Wie Baseball-Wettbewerbe funktionieren 78

Wie man auf Baseball wettet..80
Baseball League Champions 2022-2050 Ergebnisse 85

Den Ausgang eines Sportspiels im Voraus zu erfahren, ist sicherlich der Traum eines jeden Fans oder Wettenden. Um dies zu erreichen, gibt es nichts Effektiveres, als in der Zeit zu reisen und Informationen darüber zu erhalten, was beim Ausgang eines Spiels passieren kann, so dass man in diesen sportlichen Trend investieren kann.

Wenn Sie relevante Sportinformationen für die letzten 30 Jahre entdecken wollen, sollten Sie die Prognosen von Zeitreisenden verfolgen und berücksichtigen, die es Ihnen ermöglichen, einen langfristigen Blick auf das zu werfen, was in dieser Sportarena passieren kann, sei es in der Disziplin des American Football, des europäischen Fußballs, des Tennissports oder auch des Baseballs, Sie werden Antworten aus der Zukunft erhalten.

Warnung: Das Ausnutzen von Wissen über die Zukunft kann schädlich sein und sollte von keinem Zeitreisenden getan werden.
Das Wissen und die Ergebnisse der Zukunft sind nicht zitierfähig, da die Verwertung dieser Visionen nicht fair ist, da eine Veränderung in der Gegenwart die Zukunft völlig verändern kann, so dass diese Angaben ohne jegliche Rechenschaftspflicht oder vollständige Kontrolle erweitert werden.

Kein Zeitreisender profitiert von dem, was er sehen kann. In der Welt des Sports kann dies für Wetten vorteilhaft sein, aber die Welt oder das Schicksal können leicht verändert werden, so dass diese Zukunftsdaten anfällig sind, aber als klarer Maßstab für die sportlichen Kräfte dienen, in die man investieren kann.

Eine futuristische Vision eröffnet viele Möglichkeiten, im sportlichen Umfeld kann sie gezielt eingesetzt werden, um den zukünftigen Gewinnern nahe zu sein, so dass sich Ihre Chancen deutlich erhöhen, sobald Sie die sportliche Zukunft entdecken, werden Sie diesem Moment entgegenfiebern.

American Football

Eine der wichtigsten Sportarten der Welt, wie American Football, darf auf keiner Zeitreise fehlen, vor allem, wenn so viele Liebhaber in dieses Medium involviert sind, in dem die wichtigsten Universitäten der Welt auf die Bildung von Wettkampfmannschaften setzen, was den Wert dieser Disziplin widerspiegelt.

Es handelt sich um eine Milliarden-Dollar-Industrie, die in den nächsten 30 Jahren weiter wachsen wird, weshalb sie ein Medium darstellt, dem man seine Aufmerksamkeit widmen sollte, um die Schlüssel für die Zukunft der amerikanischen Gesellschaft und dieses Sports zu finden.

Dieser Kontaktsport nähert sich einer Zukunft mit großen Möglichkeiten, vor allem, wenn die zukünftigen Gewinner entdeckt werden. Diese Daten werden die Art und Weise, wie man den Sport lebt und empfindet, verändern, denn was passieren kann, wird einem durch den Kopf gehen, und es ist wertvoll, eine Ahnung davon zu haben, wohin die Entwicklung eines Sports wie American Football geht.

American Football Team Ranglisten Regeln

Der Wettbewerb der American-Football-Mannschaften, bekannt als National Football League (NFL), bedeutet, dass die National Football League als Epizentrum der Mannschaftsklassifizierung eingesetzt wird, da sie die wichtigste Liga der Welt für den professionellen Wettbewerb in den Vereinigten Staaten ist.

Die NFL gibt es seit 1920, und seither wurde sie im Laufe der Zeit stark verändert, um das Niveau des Wettbewerbs aufrechtzuerhalten, das sie zu einem Wettbewerb der Spitzenklasse gemacht hat. 32 Mannschaften nehmen heute an diesem wichtigen Wettbewerb teil, wobei jede eine amerikanische Konferenz vertritt.

Die Konferenzen sind in zwei geteilt, dies gilt für die National (NFC) und die American (AFC), und diese Konferenzen haben oder behalten die Zusammensetzung von vier weiteren Divisionen, wie die North, South, West und East, die vier verschiedene Teams beibehalten, so dass ein Zeitplan von etwa siebzehn Wochen entwickelt werden kann.

Jede Mannschaft in der Mitte dieser Klassifizierung hat eine "bye week", die nach sechs Spielen gegen Mannschaften, die derselben Division angehören, stattfindet, wodurch verschiedene Duelle oder Spiele entstehen, die sowohl zur Interdivision als auch zur Interconference gehören.

Normalerweise beginnen die Spiele am Donnerstagabend, also in der ersten vollen Septemberwoche, und enden im Januar. So ist es zumindest seit der Einführung des Sportkalenders vorgesehen, wenn die Saison zu Ende ist.

Im Laufe der Spiele in den einzelnen Conferences kommt es zu Playoffs, dann werden die Conference-Finals ausgetragen, deren Sieger direkt in das begehrteste Spiel des Sports, den Super Bowl, einziehen können, doch zuvor muss der Pro Bowl gespielt werden.

Durch den Pro Bowl können die Konferenzen gegeneinander antreten, indem sie Teams mit den besten Spielern des jeweiligen Kalenderjahres bilden. Deshalb ist es eine der beliebtesten Sportarten, was sich in den hohen Einschaltquoten widerspiegelt, und auch die Zuschauerzahlen gehören zu den höchsten der Welt auf professioneller Ebene.

- **NFL Draft**

Jedes Jahr im April suchen die Teams nach den besten Spielern in ihrem Kader, die so genannte NFL Draft-Phase, die von den Spielern im College-Football abgedeckt wird, obwohl es sich offiziell um eine Dynamik handelt, die als NFL Annual Player Selection Meeting bekannt ist.

Jedes Jahr wird in New York eine Auswahl getroffen, bei der zuerst das schlechteste Team ausgewählt wird, dann das zweitschlechteste Team und schließlich die beiden Teams, die im Super Bowl gespielt haben, um die Saison gerechter zu gestalten.

- **Playoffs**

Der Beginn der Postseason, die vier Arten von Spieltagen umfasst, beginnt am Ende der regulären Saison, in der die besten sieben Mannschaften jeder Konferenz gegeneinander antreten, insgesamt also vierzehn Mannschaften, so dass die Struktur nur eine Mannschaft aus jeder Konferenz berücksichtigt.

- **Pro Bowl**

Den Abschluss der Saison bildet der Pro Bowl, der seit 1980 ausgetragen wird und bei dem die besten Spieler der NFC und der AFC unabhängig von ihrer Zugehörigkeit zu einer bestimmten Konferenz eine Mannschaft bilden, auch wenn das Format mehrfach angepasst wurde, um die Veranstaltung unterhaltsamer zu gestalten.

- **Super Bowl**

Der Höhepunkt der Postseason ist das größte NFL-Ereignis nach dem Super Bowl, dem weltweit meistgesehenen Spiel im Fernsehen, und die Austragungsorte werden jedes Jahr gewechselt.

Wie man auf American Football wettet

Die Wetten auf American Football, dreht sich um die Spiele von der NFL statt, und jedes Spiel oder Spiel, ermöglicht Wetten Muster haben deutlich zugenommen, so dass die Wettmöglichkeiten sind breit, und die Kenntnis der Details der Teams oder eine Tatsache der Zukunft, können Sie gute Ergebnisse auf Wetten zu bekommen.

1. Gewinner des Spiels

Dies ist eine der häufigsten Wettarten, da es darum geht, den Sieger eines Spiels zu tippen, ohne die Möglichkeit eines Unentschiedens, obwohl es auch Varianten gibt, bei denen man darauf wetten kann, ob es eine Art Verlängerung gibt, da diese für eine festgelegte Zeit von jeweils 15 Minuten gespielt werden, um einen Sieger zu ermitteln.

2. Handicap

Neben dem Sieger des Spiels können Buchmacher nach jedem Spiel eine Art Handicap festlegen, d. h. es wird eine Wette auf eine höhere oder niedrigere Punktzahl abgegeben, die einen Unterschied gegenüber dem Gegner ausmachen kann, je nachdem, welche Mannschaft favorisiert wird.

Ebenso kann es verschiedene Arten von Handicaps geben, wie z. B. ein alternatives Maß, bei dem diese Marge höher oder niedriger als die feste Marge sein kann, wodurch sich die Quoten im Vergleich zum Angebot des traditionellen Handicap-Marktes drastisch erhöhen.

3. Anzahl der Touchdowns

Im American Football kann man auf die Anzahl der Tore wetten, dies kann ein größeres oder kleineres Maß sein, das sich auf Touchdowns bezieht. Um zu wetten, muss man also abschätzen, was mehr oder weniger in Bezug auf Touchdowns produziert wird, dies folgt normalerweise einem Richtwert von 6,5.

4. Touchdown-Scorer

Während der Spiele kann auf den Spieler gewettet werden, der einen Touchdown erzielt, sowie auf den letzten Spieler, der einen Touchdown erzielt hat, oder auf den Zeitpunkt, zu dem der Spieler einen weiteren Touchdown erzielt, nach einer Livewette.

5. Individuelle Leistung

Bei dieser Wettart können Sie Ihrem Lieblingsspieler Leistungschips zuteilen. Diese Quoten hängen von den einzelnen Buchmachern ab, am häufigsten wird auf die Anzahl der vom Quarterback abgeschlossenen Pässe, die Anzahl der Empfänge durch die Receiver und sogar auf die zurückgelegten Yards gewettet.

6. Punkte insgesamt

Es handelt sich um die Möglichkeit, auf die Gesamtpunktzahl eines Spiels zu wetten, diese kann innerhalb eines von den Buchmachern festgelegten unteren oder oberen Limits liegen, dazu muss man auf eine Punktelinie wetten, es ist auch möglich, nach Zeitabschnitten des Spiels zu wetten.

7. Erste Mannschaft, die ein Tor erzielt

Die erste Mannschaft, die einen Touchdown erzielt, stellt ebenfalls eine Einschätzung innerhalb der Wette dar, insbesondere die Mannschaft, die einen Touchdown erzielen kann. Diese Art der Wette entsteht während der Entwicklung des Spiels, gleichzeitig kann festgestellt werden, welche Mannschaft in der ersten Halbzeit oder in einem der Viertel als erste punkten wird.

Prognosen der besten American-Football-Teams 2022-2050

Die 30-Jahres-Prognose, die zum American Football gehört, hilft Ihnen, die Entwicklung der wichtigsten Mannschaften anhand ihrer Ergebnisse zu verfolgen, wobei Sie die folgenden sportlichen Tendenzen für die Zukunft berücksichtigen können:

- Die New England Patriots werden weiterhin die größten Gewinner sein, und sie werden vor den Pittsburgh Steelers liegen. Die Patriots sind also eine Alternative, die man im Auge behalten sollte, weil sie die Siege zur Super Bowl-Feier mitbringen werden.
- Die Dallas Cowboys werden in den nächsten 30 Jahren einen Aufschwung erleben, um in die Fußstapfen der Patriots zu treten und die seit 1996 stagnierenden Siege zurückzuerobern, aber in den nächsten Jahren wird sich das komplett ändern, es ist ein vielversprechendes Team, das in Zukunft glänzen wird.
- Der Gegner, den es zu fürchten gilt und der sich während der regulären Saison auszahlen wird, sind die Kansas City Chiefs, denn ihr Spielerkader verfügt über ein gutes Niveau, das in der Zukunft als eines der Teams gilt, das es zu schlagen gilt oder das man als Fels in der Brandung gegen jede Voraussicht der Gegenwart betrachten kann.
- Auch die glorreichen Tage der Philadelphia Eagles werden zurückkehren, denn in den folgenden Jahren werden sie gewinnen, die Sportfans im Allgemeinen überraschen und damit einen historischen Platz in der NFL einnehmen, um mit ihren Ergebnissen einen Trend zu setzen, der jede andere gute Mannschaft übertreffen wird.

- Die Stärke der Miami Dophins wird sich fortsetzen, nicht in der gleichen siegreichen Art und Weise der früheren Teams, aber sie sind ein Team, das in der Zukunft ein überwältigendes Finish in den Playoffs hat, so dass von der Vorrunde, sie sind bekannt als ein Team zu wetten und Vertrauen, es ist eine Inspiration für sie in der regulären Saison.
- Die Los Angeles Raiders werden auch in Zukunft ihre Fähigkeit unter Beweis stellen, die Playoffs auf überzeugende Weise zu erreichen, da sie in den kommenden Jahren über einen Zustrom sehr wichtiger Spieler verfügen werden, die in der Lage sein werden, den Trend in der NFL im Allgemeinen zu bestimmen.

Was man aus der Nähe sehen kann, ist, dass in der NFL in den nächsten Jahren weiterhin das Team der Washington Redskins dominieren wird, weil ihr Kader diesen Ehrgeiz innerhalb des American Football beibehalten wird, aus dieser Perspektive kann man ab diesem Jahr im Hinterkopf behalten, und dann folgen die stärksten Teams für die nächsten 30 Jahre, die in der Zukunft klare Gewinner sein werden.

Die besten NFL-Teams 2022-2050	
New England Patriots	Denver Broncos

Dallas Cowboys	San Francisco 49ers
Kansas City Chiefs	Green Bay Packers
Philadelphia Eagles	New Yorker Giganten
Miami Dophins	Tampa Bay Buccaneers
Los Angeles Raiders	Buffalo Bills
Washington Redskins	Tennessee Titans

Super Bowl Ergebnisse 2022-2050

In Zukunft werden die Super-Bowl-Sieger in der Nähe der Spitzenteams stehen, die einen großen Vorsprung haben werden, aber es ist die Erfahrung in diesen letzten Abschnitten, die den Kurs der Zukunft wirklich verändern wird, da sie der wichtigste Präzedenzfall für die nächsten 30 Jahre sein wird.

Wenn es um den Super Bowl geht, müssen die Gewinnerteams, die Sie in Betracht ziehen müssen, mit den Kansas City Chiefs beginnen, weil sie in der Zukunft als Super Bowl Gewinner glänzen werden, mit mehr Upside und im Super Bowl glänzen, also ist es ein Ergebnis, das Sie im Auge behalten sollten, wenn Sie auf einen Gewinner wetten wollen, weil sie in der Zukunft ein Gewinner sind.

Zur gleichen Zeit, ein weiterer brillanter Gewinner, die Sie betrachten können, weil in der Zukunft bricht es jeden Rekord ist Tampa Bay Buccaneers, denn es wird aus seinem Kader zu bringen, um den Titel in einem Super Bowl, die Sie nicht verpassen können, weil vor 2030 wird es jeder mit dem Niveau während der Saison erstaunt verlassen.

Auch in den nächsten 30 Jahren werden die Los Angeles Rams als solider Sieger in die NFL-Geschichte eingehen. Dies wird zweifellos ein Super Bowl von großem Interesse sein, denn von den Spielzügen bis hin zur Spielgestaltung werden sie in den Medien alle Lorbeeren ernten.

Super Bowl Ergebnisse 2022-2050	
Kansas City Chiefs 2022-2039-2045-2045-2047-2049	San Francisco 49ers 2029-2038
Tampa Bay Buccaneers 2023-2033-2040-2041	Green Bay Packers 2030-2039
Los Angeles Rams 2024-2035-2042	Denver Broncos 2032-2047
Buffalo Bills 2025-2031	Indianapolis Colts 2034-2049

Baltimore Ravens 2026-2044	Tennessee Titans 2036-2037
Cleveland Browns 2027-2050	New England Patriots 2043
Seattle Seahwks 2028-2044	Los Angeles Chargers 2046

Wenn der Super Bowl ansteht, kann man nicht an diesen Teams zweifeln, denn in der Zukunft sind sie tatsächlich die Gewinner. Jedes Mal, wenn es Finalisten gibt, kann man sicher sein, auf der Seite der oben genannten zu stehen, um es ganz richtig zu machen, es stellt einen Erfolg dar, da die in der Zukunft manifestierte Realität in die Gegenwart gebracht wird.

Champions League 2022-2050

Die NFL-Liga als Ganzes ist in Conference Divisions unterteilt, und die Meister jeder Conference führen direkt zum Ergebnis der Super-Bowl-Feier. In den nächsten 30 Jahren werden die Dallas Cowboys in der National Conference überholt werden und nicht mehr an der Spitze der gewonnenen Meisterschaften stehen.

Aus diesem Grund, wenn es Teil Ihrer Lieblingswette war, ist es an der Zeit, sie beiseite zu lassen, weil ihre Zukunft nicht gut ist, aufgrund der Tatsache, dass sie den Thron wegen des Vorsprungs der Tampa Bay Buccaneers verlieren. Um die Teams zu kennen, die als Meister in der Zukunft dominieren werden, über die nationale Konferenz, können Sie diese Daten berücksichtigen:

Nationale Konferenzmeister 2022-2050	
Green Bay Packers 2022-2033-2039-2040-2048-2049	Tampa Bay Buccaneers 2026-2027-2028-2031-2043-2046
San Francisco 49ers 2023-2038-2041- 2044-2045	Seattle Seahawks 2029-2030-2032-2034-2034-2048-2049
Los Angeles Rams 2024-2025-2039-2042-2047	New Yorker Giganten 2035-2036-2037-2050

In der Mitte der 16 Teams, die diese Konferenz, in der Zukunft die oben genannten sind diejenigen, die einen tiefen Eindruck auf die NFL, das ist der Grund, warum sie als die besten nicht zu übersehen, aber auf der Seite der amerikanischen Konferenz, die Hegemonie der Pittsburgh Steelers wird weiterhin, aber ihre wichtigsten Kampf wird über die New England Patriots.

Diese beiden Teams werden in der Lage sein, bis in die Endphase der Saison vorzudringen, auch wenn man die Buffalo Bills nicht ausschließen kann, da sie den anderen das Rampenlicht stehlen werden, sogar bis hin zum Einzug in den Super Bowl, weshalb sie als eine der Offenbarungen eingestuft werden, auf die man aufpassen muss, und das kann man nach diesen Fakten über die Zukunft deutlich sehen:

Meister der Amerikanischen Konferenz 2022-2050	
Pittsburgh Steelers 2022-2023-2031-2045-2033	New York Jets 2028-2029-2047-2050
New England Patriots 2024-2034-2037-2025	Denver Broncos 2030-2038-2044-2032-2036
Büffel-Rechnungen 2026-2027-2041-2042	Los Angeles Chargers 2035-2030-2040-2043-2043-2046-2048

Der Kampf innerhalb der amerikanischen Konferenz wird direkt auf die AFC North und West fallen, so dass es hochspannende Spiele sein werden, in denen große Wetten in einem

Herzschlag zusammenbrechen werden, jede Saison werden diese Divisionen große Momente geben, die man genau verfolgen muss, um eine Gewinnwette zu perfektionieren.

Die Mannschaften beider Konferenzen, die erwähnt wurden, sind wichtige Champions, die nicht übersehen werden dürfen, denn mit der bevorstehenden Weihe sind sie in Zukunft die Teams, die Freude und Furore verbreiten, in einer der Sportarten, die auch weiterhin eine der weltweit am meisten gefeierten sein wird, daher ist es von Vorteil, diesen Präzedenzfall zu haben.

Europäischer Fußball

Es ist kein Geheimnis, dass der europäische Fußball im Allgemeinen einer der attraktivsten der Welt ist, weil hinter jedem Land einflussreiche Mannschaften stehen, die exorbitante Summen investieren, aber auch wegen des Niveaus, das sie ausstrahlen, was sich auch in Zukunft nicht ändern wird.

Dies trägt zweifellos zur Attraktivität von Ligen wie der spanischen, englischen, italienischen, französischen und deutschen Liga bei, die die ganze Welt bewegen, vor allem wegen des Spektakels, das sie Jahr für Jahr bieten, und alle Vereine setzen mehr auf den Erhalt der Champions League.

Darüber hinaus zeigen junge Talente in den kommenden Jahren den einzigartigen Wunsch, auf individueller Ebene die von Lionel Messi und Cristiano Ronaldo aufgestellten Rekorde zu brechen. Das ist es, was man in den nächsten 30 Jahren erwarten kann, aber das Brechen der Zahlen wird erst in den Jahren um 2050 geschehen, während der Fußball mit den Erinnerungen an diese Sportler weiterlebt.

Die Premier League (England), die La Liga (Spanien), die Serie A (Italien), die Bundesliga (Deutschland) und die Ligue 1 (Frankreich) bilden die weltweit am meisten beachteten und am häufigsten gewetteten Ligen, wobei sich die Bedeutung der einzelnen Ligen je nach den Stars ändert, so dass die Dominanz der französischen Liga und der Premier League nach dem Jahr 2022 fast acht Jahre lang überwältigend sein wird.

Die Rolle des europäischen Fußballs bleibt auch nach dem amerikanischen Fußball entscheidend, da er zu den Disziplinen gehört, in die am meisten investiert wird, weshalb die Begeisterung der Fans von Spiel zu Spiel zunimmt, auch wenn sie in Zukunft mit besseren Erlebnissen in größeren Stadien und Übertragungsdiensten entschädigt werden.

Im Laufe der Jahre wird die Realität der Spiele durch Streaming-Anwendungen mit großer Wirkung manifestiert werden, der Zugang wurde für die Fans erleichtert, so dass die Leidenschaft für diesen Sport nicht aus irgendeinem Grund nachlässt, bis hin zu einem globalen Trend mit mehr Gültigkeit denn je.

Der Fußball ist nach wie vor eine zentrale Achse, durch die die Fans ihre Hoffnungen lenken, und es besteht kein Zweifel daran, dass er innerhalb des Sports eine herausragende Stellung einnimmt, die in Zukunft noch an Bedeutung gewinnen wird.

Regeln für die Qualifikation zum europäischen Fußball

Jede europäische Fußballliga hat ihre eigene Tabelle, die sich aus lokalen Mannschaften zusammensetzt. Sie dauert etwa 9 bis 10 Monate und kann von Land zu Land unterschiedlich sein, und an deren Ende haben die ersten 4 bis 6 Plätze die Möglichkeit, sich für die wichtigsten europäischen Wettbewerbe wie die Champions League und die Europa League zu qualifizieren.

Beide Wettbewerbe laufen parallel zur regulären Saison, um Meister zu ermitteln, die eine Ära markieren, da sie als die besten in Europa gelten. In jedem Wettbewerb werden die Leistungen der wichtigsten Spieler gemessen, um jährlich wichtige Preise wie den Goldenen Ball zu vergeben.

Jedes europäische Team wird an der Anzahl der Siege in der heimischen Liga sowie an der Anzahl der gewonnenen Champions League- oder Europa League-Titel gemessen, und dies wiederum projiziert einen Wettstil, den Sie beherrschen können, indem Sie wissen, welche Teams ihr Image langfristig verbessern werden, indem Sie wissen, was passieren wird.

Das Format der Champions League besteht aus einer Gruppenphase, in der sich 16 Mannschaften qualifizieren, um gegeneinander zu spielen, dann kommen 8 weiter, bis 4 übrig bleiben und das Finale erreichen, in dem nur zwei Mannschaften gewinnen.

Um diese Meisterschaften zu erreichen, spielen die Mannschaften, wie bereits erwähnt, in der Regel 38 Runden, wobei die durchschnittliche Anzahl der Siege die Tabelle ergibt, die für die Vergabe der Plätze in der UEFA Champions League oder der UEFA Europa League berücksichtigt wird.

Eine weitere Möglichkeit, sich für die UEFA Europa League zu qualifizieren, ist der dritte Platz in der Gruppenphase der

UEFA Champions League, der die automatische Teilnahme an der Europa League und den Aufstieg in die nächsthöhere Spielklasse ermöglicht.

Wie man auf europäischen Fußball wettet

Inmitten des Fußballs im Allgemeinen finden eine ganze Reihe von Spielen und Interaktionen statt, auf die man wetten kann, um im Gegenzug eine wirtschaftliche Vergütung zu erhalten, alles, was gemessen oder versucht werden kann, mitten im Spiel richtig zu machen, denn sogar auf Platzverweise kann gewettet werden, dies ist ein Beispiel für alle verfügbaren Aktionen.

Obwohl, wie in den nächsten 30 Jahren, die Vorherrschaft der Technologie ist klar, es ermöglicht Wetten von der Minute zu Minute der Spiele, so dass von der Reihenfolge der Teams, ist es einfacher, eine genauere Vorhersage zu entwickeln, bis die Wette wirksam ist.

Je nach Buchmacher kann der Modus völlig unterschiedlich sein, obwohl die Livewette die größte Innovation ist, die auch in den nächsten 30 Jahren noch Bestand hat, weil sie auch einen besseren Auszahlungsprozentsatz pro Treffer bietet und das Spielverständnis des Zuschauers testet, aber in der Regel kann man auf die folgenden Optionen setzen:

1. Gewinner des Spiels

Im Fußball kann die eine oder andere Mannschaft als Sieger gewertet werden, oder man kann sich auch für das Unentschieden entscheiden, was auch in Zukunft noch schwindelerregend sein wird, da der Fußball ein viel physischeres als taktisches Tempo pflegt.

Der Konflikt bei dieser Modalität besteht darin, dass eine Mannschaft sich zwischen dem einen und dem anderen entscheiden muss, aber es handelt sich um eine Sportart, in der auch häufig Unentschieden reflektiert oder präsentiert werden, weshalb sie die traditionellste ist, obwohl sie gleichzeitig riskant ist, weil es sich um eine Entscheidung über drei Möglichkeiten handelt, die sich ergeben.

2. Genaues Endergebnis

Im europäischen Fußball ist es sehr beliebt, in Form von Tippgemeinschaften zu wetten, bei denen die genauen Ergebnisse angegeben werden, wobei Preise für Annäherung oder Genauigkeit vergeben werden, das hängt von den Bedingungen ab, unter denen Sie wetten.

Die üblichen Ergebnisse, auf die zugunsten einer Mannschaft gewettet werden kann, sind 2:1 oder 1:0, aber der

Trend geht in Zukunft dahin, dass eine frühe Reaktion der gegnerischen Mannschaft ein Ergebnis von mindestens 3:2 postuliert, was bedeutet, dass dies eine hochspannende Entwicklung ist, die weiterhin die Aufmerksamkeit der Buchmacher auf sich zieht.

3. Torschützenkönig

Zusätzlich zur Vorhersage eines genauen Ergebnisses können Sie auch den Torschützen mit einbeziehen, dies ist eine komplizierte Annäherung oder Vermutung, aber die Quoten motivieren wirklich, also sollten Sie nur den Spieler auswählen, der das erste Tor des Spiels schießen wird, oder Sie können auch darauf setzen, dass es bei einem 0:0 keinen Toranteil geben wird.

Die Mannschaft, die das erste Tor schießt, ist eine einfache Sache zu wissen, wie zum Beispiel in der Zukunft ist es Bayern München, eine Mannschaft, die immer das erste Tor schießt, und an zweiter Stelle ist Liverpool, die in der Lage sind, auf ungünstige Torverhältnisse zu reagieren, die nach einem Spiel entstehen können.

4. Ziele insgesamt

Eine sehr attraktive Alternative zu Wetten auf die Anzahl der Tore, die während eines Spiels erzielt werden, sind diese Wetten auf ein größeres oder kleineres Maß, von 0,5 bis 5,5, obwohl einige Buchmacher eine genauere Zahl wählen können, gleichzeitig kann diese Wette auf eine bestimmte Zeit des Spiels produziert werden.

Hinzu kommt die Frage, wer als Erster ein Tor schießt oder wer die eine oder andere Halbzeit gewinnt. Hinzu kommt die Einbeziehung der Verlängerung, d. h. es handelt sich um künftige Ergebnisse, die im Spiel eintreten können, wobei eine genaue Aussage über das Gesamtergebnis im gesamten Spiel oder nach einer bestimmten Zeit getroffen werden soll.

5. Handicap

Bei dieser Wette können Sie auf die Anzahl der Tore wetten, mit denen eine Mannschaft gewinnen oder verlieren kann. Egal, ob sie mit zwei Toren Vorsprung gewinnt oder mit diesem Vorsprung verliert, es handelt sich um einen wertvollen Matchball, der mit der Überlegenheit einer Mannschaft gegenüber einer anderen zu tun hat.

6. Anzahl der Züge

In der Mitte eines Fußballspiels können verschiedene Sonderwetten entstehen, z. B. auf die Anzahl der Eckbälle, die die eine oder andere Mannschaft bekommt, oder auf einen Platzverweis - all das gehört zu den neuen Modalitäten, die die modernen Buchmacher integriert haben und die auch in Zukunft genauso genau sein werden.

7. Doppelte Chance

Es handelt sich um eine Aktion, die mit dem Ergebnis des Fußballspiels verbunden ist, das auf die Werte 1, X oder 2 gesetzt wird, wobei Sie nur zwei der drei verfügbaren Optionen wählen müssen, um auf das Fußballspiel zu wetten, so dass Sie eine größere Gewinnchance während der Entwicklung des Spiels haben.

All diese Alternativen ermöglichen es, das Geschehen während eines Spiels zu verfolgen, so dass eine Hilfe aus der Zukunft von größerer Klarheit sein kann, insbesondere um auf die Mannschaft zu wetten, die aufgrund ihrer Ergebnisse am meisten glänzt, was einen guten Ergebnisindex ermöglicht.

Prognosen der europäischen Spitzenfußballmannschaften 2022-2050

Die siegreichen Mannschaften, die in den nächsten 30 Jahren wirklich eine Reihe von Siegen einfahren werden, sollten aufgedeckt werden, damit Sie einen genauen Überblick über die Wetten haben, Pokal- und Turnierwettbewerbe erzeugen gute Vorfreude und Fußball bleibt eine der beliebtesten Sportarten der Welt.

Der Trend, der in Zukunft herrschen wird, hat viel mit diesen Geräten zu tun:

- Real Madrid wird als erster Champions-League-Sieger überholt werden, weil es nicht in der Lage ist, einen konkurrenzfähigen Kader aufzustellen, und andere Mannschaften werden es vom Thron stoßen, was zu erheblichen Verlusten bei den Wetten und den eigenen Einnahmen des Vereins führen wird.
- Auf der anderen Seite wird Milan wieder an den Ruhm des europäischen Fußballs anknüpfen. Für die Zukunft sind gute Ergebnisse wie der Gewinn der Serie A und das Erreichen interessanter Phasen der UEFA Champions League zu erwarten, weshalb man sowohl auf lokaler als auch auf kontinentaler Ebene auf das Team wetten sollte.

- Der Aufschwung Barcelonas kommt, wenn seine jüngsten Spieler ein beneidenswertes professionelles Niveau erreichen. Dies wird zweifelsohne gute Jahre mit Meisterschaften bringen, in denen sie die spanische Liga anführen werden, auch wenn sie eng mit Atlético de Madrid kämpfen müssen.

- Liverpool wird in den nächsten 10 Jahren mit großem Ruhm und Siegen in der Premier League weitermachen, aber in der Champions League ist es schwierig für sie, es noch einmal zu schaffen, weil sie das Thema Neuverpflichtungen völlig vernachlässigen und dem Kader der Ehrgeiz ausgeht, weshalb sie keine sehr ermutigende Zukunft haben.

- Bayern München wird die Hegemonie in den nächsten 10 Jahren weiter ausbauen, bis Dortmund ihnen Probleme oder Konkurrenz innerhalb der Bundesliga bringen wird, so dass man in 20 Jahren oder so die Anteile an eine andere Mannschaft abgeben kann, die die bestehende Vorherrschaft verändern wird.

- Juventus wird die Mannschaft sein, die die größte Rivalität mit Mailand entwickeln wird, aber der Gewinn der Serie A wird für beide eine Herausforderung bleiben, weil kleinere Mannschaften wie Roma und Inter in der Lage sind, sie zu gewinnen, und so wird es später passieren, aber 2030-2040 wird die Vorherrschaft von Juventus wieder auftauchen.

- Die siegreichste Mannschaft in den nächsten 30 Jahren wird PSG sein, weil sie so viele Neuverpflichtungen getätigt haben. Sie werden also alles aufholen, was sie getan haben, um eine wirklich konkurrenzfähige Mannschaft aufzubauen, in der der letzte Funke von Lionel Messi über den Ergebnissen zu spüren sein wird.
- Manchester United wird seinen Gegner Manchester City ausstechen, denn die Ankunft von Cristiano Ronaldo ist etwas, das einen Trend setzen wird, bis zu dem Punkt, dass Greenwood den Goldenen Ball gewinnt.

Von dieser Projektion, die Realität in der Zukunft wird, können Sie Teams unterstützen, dass Sie wissen, dass in der Zukunft, wenn sie eine Epoche markieren, können Sie diese Beiträge der Zukunft hinzufügen, um eine bessere Chance auf Ihre Wetten haben, wie die folgenden Daten sind eine Probe von dem, was passieren wird:

Die besten europäischen Fußballmannschaften 2022-2050

PSG 2022-2024-2026-2028	Chelsea 2039-2049
Mailand 2023-2029-2030-2031	Real Madrid 2040-2050
Manchester United 2025-2032-2033	Rom 2041
Barcelona 2034-2035	Bayern München 2042
Atlético de Madrid 2036-2046	Dortmund 2043
Juventus 2037-2047	Inter Mailand 2044
Manchester City 2038-2048	Frankfurt 2045

Jetzt, wo Sie die Zukunft des europäischen Fußballs in den Händen halten, sollten Sie auch wissen, was in den einzelnen nationalen Ligen passieren wird, damit Sie auch die Art der Ergebnisse verfolgen können, die in den nächsten 30 Jahren präsentiert werden, wo die Mannschaften ihre Bedingungen stellen werden:

- Serie A

In Italien ist die Mannschaft mit einer außergewöhnlichen Zukunft Milan, die Realität zeigt sich weiter unten, denn als Meister der Liga sind sie in der Lage, die Champions League zu erreichen, eine gute Serie von Ergebnissen zu erzielen, die ihren Namen wieder zum Leben erwecken und Juventus aus dem Rennen werfen und in den nächsten Jahren den Platz verlieren.

Gleichzeitig wird die Leistung von Inter Mailand in den kommenden Jahren ein hohes Wettbewerbsniveau erzeugen, nachdem die beschriebenen Teams einen Schritt nach vorne gemacht haben. Dies ist also Teil der Entwicklung, die in der Zukunft in Italien stattfinden wird, in diesen 30 Jahren wird auch Atalanta im Jahr 2030 eine Liga gewinnen, nachdem der Kader ständig verändert wurde.

- Erste Liga

Der Triumph, der sich nach der Leistung von Manchester United abzeichnet, ist Teil der Zukunft, in der es eine klare Dominanz etabliert, vor allem unter der Inspiration einer jungen Mannschaft, auf der anderen Seite wird es zu einer Mannschaft, die goldene Ballgewinnende Spieler formt, daher steigt seine Bedeutung erheblich.

Auch in Zukunft stehen wichtige Siege und Meisterschaften für Chelsea, Manchester City, aber vor allem Liverpool an, auch wenn letzteres in der Champions League nicht gut abschneidet, was das Schicksal und die Dynamik der Premier League in der Zukunft zeigt.

- Spanische Liga

In Spanien liegt die zukünftige Macht auf der Seite von Atlético de Madrid, aber auf dem zweiten Platz liegt Barcelona, obwohl Barcelonas Erfolg in der Zukunft liegt, da ihre jüngeren Spieler als die besten im Verein gelten.

Zu Beginn des Jahres 2050 wird sich Real Madrid auf dem Weg der Besserung befinden, weshalb man es nicht außer Acht lassen darf, denn trotz seiner Entthronung vom Weltfußball wird es in den nächsten 30 Jahren jede Saison ein schwer zu besiegender Rivale sein, da es über große Investitionen verfügt.

- Bundesliga

In der Mitte des deutschen Territoriums ist der Erfolg nach wie vor Bayern München vorbehalten, auch wenn 2030 gute Ergebnisse von Dortmund und Frankfurt zu erwarten sind. Sie sind also sportliche Gegner, die das Interesse an diesem

Wettbewerb aufrechterhalten, was ihn nach der Premier League zu einem der komplexesten Wettmärkte macht.

Die Bundesliga wird keine guten Chancen haben, die UEFA Champions League zu gewinnen, aber Bayern München wird die treibende Kraft hinter dem Gewinn dieses wichtigen Preises sein, so dass die Liga eine Liga bleibt, die die Fans gerne sehen, und somit sicherstellt, dass die deutsche Szene für die nächsten 30 Jahre günstig bleibt.

Ergebnisse Bester Spieler (Goldener Ball) 2022-2050

Der begehrte Ballon d'Or setzt weltweit Maßstäbe, denn er ist das Mittel, mit dem das Potenzial eines Spielers gemessen werden kann. Cristiano Ronaldo und Messi wurden in letzter Zeit besonders bevorzugt, diese beiden Spieler haben diese Auszeichnung monopolisiert, so dass niemand anderes als Modric in Frage kam.

In den nächsten 5 Jahren wird der Streit zwischen Cristiano Ronaldo und Messi weitergehen, während die anderen Spieler weiterhin versuchen werden, an Boden zu gewinnen. Der einzige, der in naher Zukunft die Auszeichnung behalten wird, ist Lewandowski, da seine Torzahlen weiterhin wertvolle Rekorde brechen werden.

Obwohl nach diesen 5 Jahren, alle Protagonisten des goldenen Balls, fällt auf Eerling Haaland und Mbappe, von diesem Trio von Spielern folgt der Trend dieser maximalen Auszeichnung, bis zu seinem Ruhestand, wo diejenigen, die die Auszeichnung erhalten werden Greenwood und Moukoko, durch spektakuläre Spiele, die Erstaunen über die Jahre 2050 verursachen.

Die Leistungen dieser Sportskanonen sind auf der folgenden Skala der Gewinner des Goldenen Balls aufgeführt, die auf der Zukunft der nächsten 30 Jahre basiert, die Sie kennen sollten und von der Sie ausgehen können, weil Sie sie bald in vollem Umfang erleben werden:

Ballon d'Or Gewinner 2022-2050	
Lionel Messi 2022	Youssoufa Moukoko 2042-2049
Cristiano Ronaldo 2023	Gianluigi Donnarumma 2043-2050
Robert Lewandowski 2024-2026-2027	Pedri 2044
Kylian Mbappe 2028-2029-2030-2031	Matheus Cunha 2045

Eerling Halaand 2032-2034-2037-2038	Nuno Mendes 2046
Mason Greenwood 2035-2036-2041	Jamal Musiala 2047
Ansu Fati 2039-2040	Curtis Jones 2048

Auf diese Weise werden die Leistungen der Spieler in den nächsten 30 Jahren dargestellt, denn früher oder später werden diese Ereignisse eintreten, und die genannten Spieler können den Preis, der einer der renommiertesten der Welt ist, für sich beanspruchen. Sie können auf diesen Ausgang wetten und wirklich richtig liegen oder aus erster Hand erleben, wie die Zukunft Wirklichkeit wird.

Tennis

Der Tennissport hat seit seiner Entstehung durch die 1972 gegründete ATP (Association of Tennis Professionals), die auch ein ideales Umfeld für weibliche Spielerinnen postulierte, ein wichtiges Ergebnis auf professioneller Ebene hervorgebracht, das die Geschichte des Sports prägt.

Die ATP Tour ist so organisiert, dass sie für jedes Turnier, das sie veranstalten möchte, hochwertige Austragungsorte auswählt. Deshalb ist sie auch der Hauptveranstalter von Turnieren wie der World Tour Masters 1000, der World Tour 500, der World Tour 250 und der ATP Challenger Tour.

Von der ATP World Tour über den World Team Cup bis hin zu den Grand-Slam-Turnieren, die allesamt von bedeutenden Institutionen und wertvollen Marken kontrolliert werden, ist der Sport eine der gefragtesten Sportarten, vor allem, was die Anzahl der Besucher oder Zuschauer betrifft, die er bei jeder Veranstaltung anzieht.

Durchführung von Spielerranglisten und großen Turnieren

Die Tennisspielerinnen und -spieler sowie die Doppelspielerinnen und -spieler sind dafür verantwortlich, Punkte zu sammeln, die sie im Laufe einer Saison als herausragend oder nicht herausragend einstufen können.

Die Tennisturniere sind für die Zählung und statistische Erfassung der Turniere zuständig, so dass sie nach der ATP-Einstiegsrangliste gezählt werden und die folgende Einstufung als Profi erfolgt, wobei die folgenden Daten hervorstechen:

Tennis-Veranstaltung	Ranglistenpunkte

Grand Slam	2000
ATP World Tour Endspiele	1100-1500
ATP World Tour Masters 1000	1000
ATP Welttournee 500	500
ATP World Tour 250	250
ATP-Herausforderer-Serie	80 bis 125
Davis Cups	Völlig unterschiedlich

Durch einen Sieg oder eine gute Platzierung in diesen Wettbewerben haben die Spieler die Möglichkeit, dieses Ergebnis in ihr Empfehlungsschreiben einzutragen, d. h. die Leistung selbst qualifiziert sie für die folgenden Turniere, die im Falle des Masters 1000 jährlich in Indian Wells, Madrid, Miami, Monte Carlo, Rom, Toronto, Paris, Cincinnati und Shanghai ausgetragen werden.

Aber diese Organisation kann verschiedene Änderungen in der Organisation und den Austragungsorten erfahren, das Gleiche passiert auf der 500er-Ebene, wo Turniere wie Halle, London, Rio de Janeiro, Tokio, Wien, Acapulco und andere ähnliche Turniere durch Vereinbarungen zwischen den Marken und den Spielern festgelegt werden.

Bei den meisten der 250er- und 500er-Turniere, an denen insgesamt 28 oder 32 Spieler teilnehmen, sind die ersten vier Besten der Welt vorqualifiziert, so dass sie ab der zweiten Runde spielen und nicht vorher.

Jedes Jahr variiert das Datum der Turniere, aber traditionell beginnt alles mit dem Australian Open-Turnier, das als eines der ersten des Jahres auferlegt wird, mit der gleichen Grand-Slam-Kategorie, dem Roland Garros-Turnier im Mai, und dann im Juli dem Wimbledon-Turnier, das im August mit den US Open in den Vereinigten Staaten seinen Höhepunkt findet.

Im November schließlich finden Turniere in London und Italien statt, während die ATP-Masters-1000-Turniere im März mit dem Turnier in Indian Wells beginnen. Im April folgen das Turnier in Monte Carlo, dann die Turniere in Madrid und Rom, und im August finden die ATP-Turniere in Toronto und Cincinnati statt.

Gleichzeitig gibt es die ATP-500-Turniere, die im Februar mit Rotterdam, Dubai, Acapulco und Rio de Janeiro beginnen, im April findet das Turnier in Barcelona statt, die Emotionen gehen im Juni weiter, wobei das Turnier in Hamburg im Juli stattfindet.

Gleichzeitig hat jedes dieser Turniere einen anderen Belag, von Hartplätzen über Sand bis hin zu Rasen, was zu unterschiedlichen Schwierigkeitsgraden führt, aber in den kommenden Jahren wird die Rasenvariante aufgrund der Umweltauswirkungen, die sich in den nächsten Jahren auswirken werden, etwas zurückgehen.

Prognose für die besten Tennisspieler 2022-2050

Die Spitzenspieler, die den Sport zu einer Spitzendisziplin gemacht haben, werden auch in den nächsten vier Jahren ihre Spuren hinterlassen, und zwar durch die Art der Statistiken, die sie zusätzlich zu den Turnieren, die sie erfolgreich gewonnen haben, vorweisen können, denn nach den Auswirkungen der COVID-19-Pandemie steht die Erholung des Tennissports unmittelbar bevor.

Die Ungewissheit in der Welt des Tennissports wird durch Hinweise auf die Zukunft verdeutlicht. Dies ist ein Anhaltspunkt, der Ihnen hilft, Entscheidungen über die Zukunft zu treffen, basierend auf den Ergebnissen, die an Daten wie dem Jahr 2045 geschehen, so dass dieser Grad an Gewissheit es ermöglicht, ein besser vorhersehbarer Sport zu sein oder Sie können besser Risiken eingehen.

Die im Folgenden aufgeführten Prognosen sind eine grobe Einschätzung dessen, was das Medium Tennis zu bieten hat. Jetzt wird sich zeigen, welche Art von Champions in der Zukunft auftauchen werden, denn in diesen Jahren haben sie voll und ganz geglänzt, und das ist die Richtung, in die alle Spiele der Gegenwart führen.

Die langfristig richtungsweisenden Aspekte des Tennissports sind die folgenden Details, die direkt aus der Zukunft stammen. Diese Hinweise sind der Schlüssel, um sich ein Bild davon zu machen, wie weit sich der Tennissport entwickeln wird und vor allem von den Leistungen der Spieler, die in Zukunft erfolgreich sein werden:

- Stefanos Tsitsipas wird in seiner Profikarriere aufsteigen, denn er wird direkt gegen Novak antreten, vor allem auf Sand. Er ist also ein Champion, der eine neue Ära einläutet, vor allem im Tennis, wo die meisten von ihnen mehr als 15 Jahre an Siegen haben.
- Gleichzeitig ist Alexander Zverev in der Zukunft eine große Offenbarung, die den Schatten und den Effekt, den

Nadal verursacht hat, beiseite schiebt, um Besitzer vieler Grand-Slam-Turniere zu sein. Auf diese Weise wird sein Name in der Zukunft eine Referenz sein, es gibt keinen Zweifel daran, dass seine Karriere auf lange Sicht glänzt und nach den nächsten 8 Jahren die Triumphe kommen werden.

Rafael Nadal, bevor er in den Ruhestand wird in der Lage sein, eine ganze Reihe von Turnieren Kette, werden diese einen Abschied für diesen großen Spieler, der Abschied als die Top-Sieger von Roland Garros sagen wird, aber dann wird dies von Tsitsipas entrissen werden, so dass die Zukunft des Tennis, ist eine bemerkenswerte Veränderung des Reiches zu regeln.

- Die Dominanz von Hubert Hurkacz, beginnt ab 2021, aber in der Zukunft dauert bis 2028, so ist es eine Aussicht zu folgen, weil von seinem Alter wird er eine gute Vorqualifikation in der langen Frist zu bekommen, um in großen Tennis-Events zu starten, so ist es als ein Spieler, mit dem gerechnet werden präsentiert.

- Bis zum Jahr 2030 werden Dominic Thiems Erfolge auf der ATP-Sphäre zu spüren sein, aber auch in Zukunft bleibt er ein beachtlicher Gegner auf hartem Belag, so dass er in den wichtigsten Rekorden des Sports einen Namen hat, den es zu schlagen gilt.

- Inmitten der TPA-Turniere der Frauen werden die zukünftigen 7er immer noch von Muguruza und Bertens dominiert, denn ihre Leistung auf dem Platz wird nicht übertroffen werden, nach jedem Satz lassen sie brillante Spiele folgen, dies kann berücksichtigt werden, da es eine latente Realität ist, die in der Zukunft auftaucht.

- Cocogoose erreicht im Jahr 2040 ihren Höhepunkt, dominiert alle Turniere, an denen sie teilnimmt, und erweist sich jedes Mal, wenn sie die Bühne betritt, als sichere Wette, ihre Leistung bringt ihr wirklich viel Lob in der Welt ein, sie ist der Beginn einer ganzen Leistung.

Anhand der beschriebenen Prognosen können Sie die futuristische Dimension beobachten, die den Tennissport beeinflusst, bei der die aktuellen Spieler beiseite gelassen werden, so dass Sie den Aufbau einer breiten Hegemonie beobachten können, die sich in der Zukunft herausbildet, bei der diese Athleten herausragen, die Sie kennen und beobachten werden, so dass Sie ihre Leistung von nun an messen können.

Dies sind die Sportpersönlichkeiten und die Ergebnisse, die sich in der Zukunft abzeichnen. Aus ihren Statistiken und Erfolgen können sie eine Antwort auf alle Fragen der Gegenwart ableiten, die wissen wollen, was in den nächsten Jahren passieren wird, ihre eigenen Fähigkeiten, die deutlich machen, was als nächstes im Tennisbereich passieren wird:

Top-Tennisspieler 2022-2050 (weiblich)	
Ashleigh Barty	Emma Raducanu
Naomi Osaka	Olga Danilovic
Cori Gauff	Harmony Tan
Ann Li	Witalina Diatschenko
Renata Zarazua	Timea Babos
Shuai Peng	Margarita Gasparyan
Kristie Ahn	Irina Bara

In der Mitte der Ergebnisse der Damen-Tennis, das sind die Benchmark-Spielerinnen, die das Schicksal des Sports nach den nächsten 30 Jahren zu markieren, das ist die Inzidenz in der Mitte der ATP zu folgen, jede Spielerin von ihnen wird jeder entthronen Sie folgen heute, das Feld der Tennis in jeder Hinsicht verändert.

Nun, die Ereignisse in der Zukunft postulieren die folgenden erfolgreichen männlichen Spieler, die in der Zukunft Ergebnisse erzielen, die im Laufe der Jahre einen Unterschied machen, da sie Teil der futuristischen Realität sind, in der die Zeitreisenden leben, in der die folgenden Spieler herausragen:

Top-Tennisspieler 2022-2050 (männlich)	
Novak Djokovic	Stefanos Tsitsipas
Rafael Nadal	Diego Schwartzman
Borna Coric	Daniel Medwedew
Dominic Thiem	Thanasi Kokkinakis
Francis Tiafoe	Hyeon Chung
Hubert Hurkacz	Karen Katschanow
Alexander Zverev	Elias Ymer

Die künftige Entwicklung dieser Spieler zeigt sich im Gewinnen von Turnieren, die zu den herausragendsten im Tennis gehören werden. Sie müssen also bereit sein, sich von den heutigen Siegern zu trennen, um Platz zu machen für das Auftauchen dieser Spieler der Zukunft, die bekannt und zu Siegern werden sollen.

Das Vertrauen in das, was in der Zukunft geschehen wird, ist Teil der Tugenden der Zeitreise, bei der man sich die Siege und Aufstände jedes beschriebenen Spielers vorstellen kann, denn früher oder später wird es geschehen, weil es sich um Realitäten handelt, die sich in der Zukunft manifestieren.

Jeder dieser Spieler wird durch seine Leistungen in der Zukunft unterstützt, denn sie haben große Turniere gewonnen, aber vor allem geht es um ihre individuelle Kraft, die Konkurrenz im Sport zu verdrängen, was das Tennis betrifft.

Ergebnisse der großen Tennis-Masters-Slam-Turniere 2022-2050

Die wichtigsten Turniere der Welt, sind mit den Daten der Zukunft ausgesetzt, die zeigt, dass talentierte Tennisspieler weiterhin sprießen, nach 30 Jahren das Niveau der einzelnen Turniere beibehalten wird und die Anforderung der Rangliste ist immer noch in Kraft, so dass sie viel mehr streben und sind Teil der meisten Turniere pro Jahr.

Die beliebtesten Master-Slam-Turniere in den kommenden Jahren schaffen oder liefern schockierende Ergebnisse, weil die so genannten traditionellen Spieler im Stich gelassen wurden, so dass neue Namen auftauchen können, die in der

Zukunft voll installiert sind, wie es in den folgenden Turnieren geschieht:

- Grand Slam

In der Mitte der ATP-Welt finden das ganze Jahr über die Australian Open, Roland Garros, Wimbledon und die US Open statt. Bei diesen vier Turnieren gibt es 1000 Ranglistenpunkte, die in der Regel in 128er-Feldern vergeben werden.

Der Ehrgeiz der Spieler, den Grand Slam zu gewinnen, bleibt eine Realität im Laufe der Zeit, so dass in der Zukunft finden Sie ein hohes Potenzial Gewinner, wie sie ihr Talent realisiert haben, um große Triumphe in der Zukunft zu erreichen, so dass seine Karriere von nun an, dass Sie es wissen, wird weit verbessert werden.

Die Verteilung der Turnierpunkte, vom Sieger mit 2000, dem Finalisten mit 1200, dem Halbfinalisten mit 720 und dem Viertelfinalisten mit 360 Punkten, die vorangegangenen Runden bringen ebenfalls Punkte, die die Platzierung des Spielers erhöhen oder verbessern können, all diese Regelungen werden langfristig beibehalten.

Grand-Slam-Ergebnisse 2022-2050 (Männer)

Novak Djokovic 2022-2023-2026-2027	Iga Swiatek 2038-2039
Rafael Nadal 2024-2028	Danis Schapowalow 2040-2043
Dominic Thiem 2029-2031-2035	Hugo Gaston 2042-2047
Alexander Zverev 2030-2032	Sebastian Korda 2044
Stefanos Tsitsipas 2033-2037	Alex de Minaur 2045-2049
Daniel Medwedew 2034-2036	Felix Auger-Aliassime 2046
Diego Schwartzman 2025	Carlos Alcaraz 2048-2050

Gleichzeitig sind die Ergebnisse innerhalb der weiblichen Ebene in der Zukunft die folgenden Daten, die es Ihnen ermöglichen, in der Gegenwart zu sehen, was in der Zukunft passiert, dies sind ideale Maßnahmen für Sie, um das Talent zu erkennen, das schließlich gut funktioniert.

Die männlichen Tennisspieler der Zukunft bekommen die Auswirkungen des großartigen Images des weiblichen Sektors zu spüren, denn sie stellen auch eine Liste von Spielern, die in Zukunft die Herzen der Öffentlichkeit stehlen werden, und es ist auch bemerkenswert von den Ergebnissen, die sie generieren, indem sie mehr als einen Grand Slam pro Jahr gewinnen und sich selbst in eine völlig privilegierte Ranglistenposition bringen.

Ein Grand-Slam-Sieg eröffnet definitiv eine Ära, und das ist es, was in der Zukunft mit diesen männlichen Tennisspielern geschehen ist. Jetzt ist es am wichtigsten, die weiblichen Spielerinnen zu kennen, um die Dynamik zu berücksichtigen, in die sich das Tennis weltweit entwickelt, wobei die Zeitreise die folgenden Zeichen im Frauensektor aufzeigt:

Grand Slam Ergebnisse 2022-2050 (Frauen)	
Naomi Osaka 2022-2023-2025-2027	Linda Fruhvirtova 2041
Sofia Kenin 2024-2031-2033-2034	Kristina Dmitruk 2042
Jimenez Ksintseva 2026-2028-2029-2030	Robin Montgomery 2043

Alexandra Eala 2032-2036	Oceane Babel 2044
Elsa Jacquemot 2035-2039	Linda Noskova 2045
Diana Schnaider 2037-2040	Polina Kudermetova 2046
Mintegi Del Olmo 2038	Natalia Szabanin 2047-2048-2049-2050

Hinter diesen Spielern stehen die Ergebnisse der Zukunft, denn sie sind eindeutige Gewinner dieses Turniers, die ihre brillanten Leistungen wiederholen können, wie es im Tennis allgemein der Fall ist, so dass in der Zukunft vielversprechende Tennisspieler auf hohem Niveau zu erwarten sind.

Jedes dieser Mädchen ermutigt die Tennisliebhaber, jedes Ergebnis genau zu verfolgen, denn ihr Trend in der Zukunft ist viel aktueller, als man jetzt denkt, ihre Leistungen schaffen es, jeden Satz zu erobern, und sie sind sportliche Persönlichkeiten, die die Öffentlichkeit dazu inspirieren, jedes Spiel bis zum Ende mit Leidenschaft zu leben.

- ATP World Tour Endspiele

Die ATP Finals, die als Masters Cup bezeichnet werden, sind ein offizielles Filmturnier, bei dem die Besten ermittelt werden. Es findet jährlich auf hartem Untergrund statt und wird am Ende jeder Tennissaison ausgetragen, wobei die 8 bestplatzierten Spieler der Welt an dieser Dynamik beteiligt sind.

Inmitten der ATP World Tour Finals tauchen immer wieder neue Sportstars auf, und die Rolle von Alex de Miñaur wird in Zukunft eine zentrale Rolle spielen. In jeder Zeitreise werden Sie also eine große Fangemeinde vorfinden, die die Leistungen eines Spielers unterstützt, der bemerkenswert hart daran gearbeitet hat, sich zu verbessern.

Es ist wichtig, dass diese Daten ans Licht kommen, da sie es ermöglichen, die Entwicklung im Welttennis zu verfolgen, da die Bemühungen der Tennissportler in jeder Hinsicht viel lebendiger sind, denn in den nächsten 5 Jahren wird die riesige Zahl von Novak Djokovic dank dieser Ergebnisse schrumpfen.

ATP World Tour Finals 2022-2050
Ergebnisse (Männer)
Novak Djokovic 2022-2023

Daniel Medwedew 2024-2028-2031-2035
Álex de Miñaur 2029-2032-2032-2037-2038
Dominic Thiem 2033-2035-2036
Diego Schwartzman 2026-2027
Stefanos Tsitsipas 2039-2040-2041-2042
Hugo Gaston 2043-2044-2045-2046

Dieses Turnier hat eine geringere Anzahl von Gewinnern, da es ein Format beibehält, durch das die Tennissaison abgeschlossen wird, jedes Ereignis wird auf höchstem Niveau gelebt, da die erfolgreichsten Spieler dort ankommen, da sie innerhalb der Rangliste 8 liegen müssen, um in diesem Turnier anerkannt und klassifiziert zu werden.

Das Damentennis wird in der Zukunft eine weltweite Fangemeinde gewinnen können, und zwar dank der Fähigkeiten, die sie auf dem Tennisplatz zur Geltung bringen können, und dieses Mal sind sie ein auffälligerer Aspekt des Sports und nicht nur ein Schwerpunkt des Herrentennis.

Eine Sportart wie Tennis, in der die Konzentration hoch ist, wird auch weiterhin von Prominenten besucht werden, denn das Niveau der Investitionen und der Anhängerschaft in diesem Sektor ist aufgrund der Geduld, die die Spieler entwickeln, um wieder anzufangen, bis sie einen günstigen Punktestand erreicht haben, äußerst attraktiv, wenn sie den Aufschlag verlieren.

Im Laufe der Jahre sind dies die Spieler, die dank ihrer Konkurrenzfähigkeit in jeder Hinsicht am meisten miteinander zu tun haben, so dass sie in Zukunft von Anfang bis Ende dominieren werden und in jeder Hinsicht ein interessanter Sport sind, da sie mit jedem Sieg erfahrener werden.

Ergebnisse ATP World Tour Finals 2022-2050 (Frauen)
Naomi Osaka 2022-2025-2031-2033-2035
Cori Gauff 2030-2039-2041-2049-2050
Ashleigh Barty 2023-2024-2034-2032
Witalina Diatschenko 2026-2027-2028
Irina Bara 2029-2037-2045-2047

Margarita Gasparyan 2036-2038-2039-2040
Polina Kudermetova 2042-2043-2044-2045

Von der Damen-Tennis entfaltet auch eine echte Probe der Prävalenz, in der Zukunft zu einer Probe der Vorrangstellung dieses Turniers, das ATP World Tour Finals und seine Ergebnisse, wird genau passieren, wie sie beschrieben werden, denn es ist ein Ereignis, das die berufliche Laufbahn dieser Athleten markiert.

Die Zukunft des Tennissports liegt in den Händen dieser Spieler, weil sie bei den wichtigsten Turnieren ihre besten Asse und Returns zeigen. Deshalb ist es ein Sport, der in der Zukunft mit langen Laufbahnen von Athleten verbunden ist, denn wenn sie einmal gewonnen haben, werden sie als die Gewinner des Circuits installiert, da es ein Sport ist, der Reifung erfordert.

Diese Aussichten, die lebendig sind in der Zukunft, spielen eine echte Leistung, die Turniere zu gewinnen, diese Antworten können Sie zu beschleunigen, was später passiert, von nun an können Sie die Entwicklung der Karriere dieser Tennisspieler zu sehen, weil in der Zukunft sie eine weltweite Anhängerschaft im Hinblick auf ihre Spiele zu erzeugen.

Basketball

Der Basketball hat sich weltweit durch die NBA entwickelt, eine der wichtigsten Ligen, d. h. die National Basketball Association, die 1946 gegründet wurde und seitdem eine Vielzahl von Franchises hervorgebracht hat, um eine wettbewerbsfähige Klassifizierung zu schaffen.

Gleichzeitig ist die Basketball-Liga, die eine Vielzahl von Spielern unterschiedlicher Herkunft zusammenbringt, ein kulturelles Epizentrum, das auch in Zukunft weiter wachsen wird, und das Investitionsniveau wird bis zu 30 Jahre lang aufrechterhalten, da in dieser Zeit Sieger hervorgehen, die eine wichtige Geschichte schreiben.

Die 24 Sekunden Ballbesitz bringen ein spannendes Element in das Spiel, denn der Spieler muss lange vor Ablauf dieser Zeit schießen, und wenn er den Ball in den Korb werfen kann, bedeutet das Punkte für die Mannschaft des Schützen.

Die Spieler sind auf dem Spielfeld dominanter, weil sie so viele Punkte erzielen können, deshalb werden die Rekorde im Laufe der Jahre immer mehr in den Hintergrund gedrängt, bis hin zu herausragenden Zahlen, nach jedem Touchdown wird dem Basketball ein neuer Trend auferlegt, jetzt musst du wissen, welches Schicksal in der Zukunft liegt.

Wie NBA- und Europa League-Basketballwettbewerbe funktionieren

Die NBA wird als die beste Liga der Welt präsentiert, deshalb wird sie auch in Zukunft funktionieren, mit Verbesserungen und der Einbeziehung von Technologie, aber sie bleibt eine Säule des Sports, sie ist der Ort, an den jeder Spieler strebt, als Katapult für seine persönliche Leistung, dieses Niveau ist es, was einem Team hilft, weit zu kommen.

Die Perfektion der NBA konzentriert sich in einer Mischung aus Emotionen, dank der Bildung von 30 Franchises, wo jedes Team von einem bestimmten anerkannten Unternehmen unterstützt wird, in diesem Zusammenhang gibt es keine Mobilität der Teams, das heißt, es gibt keinen Aufstieg, geschweige denn einen Abstieg.

Für den Fall, dass junge Menschen in diese Basketball-Hierarchie eintreten wollen, können sie dies über den NBA Draft tun, bei dem jährlich eine Lotterie veranstaltet wird. Sie erwerben einen Namen, der mit der Stadt verbunden ist, die zur Franchise gehört, d.h. im Fall der Los Angeles Lakers befinden sie sich in Los Angeles als vollständige Beschreibung.

Die Rolle des NBA-Leiters besteht darin, Entscheidungen im Namen der Franchise-Besitzer zu treffen, und die Spieler können auch Teil einer Gewerkschaft sein, so dass es Verhandlungsverbindungen zwischen den beiden Seiten gibt, um einen viel einheitlicheren Betrieb zu gewährleisten.

- Organisation der NBA

Diese Basketball-Liga, hat 29 Franchises, die sich in den Vereinigten Staaten, auch im Bereich der Kanada liegt Toronto Raptors, und die Division-Gruppen bis zu 2 Konferenzen, das sind die Ost-und West, damit die Eingabe von 15 Teams, um sie in jedem, und diese Konferenzen umfassen bis zu 3 weitere Divisionen von 5 Franchises jeweils.

Die Eastern Conference besteht aus 3 Divisionen, der Atlantic mit den Boston Celtics, Brooklyn Nets, Philadelphia 76ers, New York Knicks und Toronto Raptors sowie der Central mit den Chicago Bulls, Milwaukee Bucks, Cleveland Cavaliers, Detroit Pistons und Indiana Pacers.

Die dritte Division schließlich ist die Southeast Division mit den Atlanta Hawks, Washington Wizards, Charlotte Hornets,

Miami Heat und Orlando Magic. Die Western Conference besteht aus der Northwest Division mit den Denver Nuggets, Utah Jazz, Portland Trail Blazers, Oklahoma City Thunder und Minnesota Timberwolves.

Auf der anderen Seite die Pazifik-Division mit den Sacramento Kings, Golden State Warriors, Phoenix Suns, Los Angeles Lakers und Los Angeles Clippers und schließlich die Südwest-Division mit den San Antonio Spurs, Dallas Mavericks, New Orleans Pelicans, Memphis Grizzlies und Houston Rockets.

Das Turnier besteht aus zwei Teilen, der regulären Saison und den Playoffs. In der regulären Saison finden Spiele zwischen den 30 Mannschaften statt, so dass die Gesamtzahl der Spiele 82 erreichen kann, in denen jeder versucht, sich für die Playoffs zu qualifizieren.

Während der Saison können die 8 Teams mit der besten Bilanz in jeder Konferenz in die endgültigen Playoffs aufsteigen und so eine hochkarätige Saison abschließen, die die ganze Welt in Atem hält, um zu sehen, was mit jedem Team passiert, wobei die Franchises bis zu zwei Mal gegen die gegnerischen Teams der Konferenz spielen können.

- Europa League Organisation

Die Europa League des Basketballs ist eine andere Form der NBA, aber auf den europäischen Kontinent ausgerichtet, weshalb sie einen zweiten Platz innerhalb des Fanatismus auf weltweiter Ebene einnimmt, weshalb es interessant ist, im Detail zu wissen, wie sie funktioniert, so dass Sie die zukünftige Entwicklung dieser Basketball-Liga genau verfolgen können.

In der ersten Oktoberwoche beginnt die Europa League des Basketballs, das wichtigste Ereignis in Europa, an dem die besten Mannschaften des Kontinents teilnehmen können. Die Saison besteht aus 18 teilnehmenden Mannschaften, wobei sich diese Zahl je nach Politik ständig ändert.

Die reguläre Basketball-Liga hat bis zu 34 Runden, das Wettbewerbssystem bietet Doppelspiele zwischen den Teams als zweite Runde, außerdem kämpfen die ersten 8 Teams in der Mitte der Qualifikations- oder Playoff-Phase, so dass man bei einem Sieg das Final Four erreichen kann.

Der Zugang zu diesem Wettbewerb ist möglich, sofern der Meister der nationalen Liga erreicht werden kann, aber 4 Mannschaften sind wieder direkt registriert; der Meister der Liga und andere Mannschaften, die es schaffen, bilden die

Gesamtzahl von 18 Mannschaften, aber im Moment ist der Zugang für einige Mannschaften festgelegt.

In der Gruppe befinden sich bisher Mannschaften wie Real Madrid, Olimpia Milano, Saski Baskonia, Maccabi Tel Aviv, Zalgiris Kaunas, Panathinaikos, Olympiakos, CSKA Moskau, Anadolu Efes und Fenerbahce sowie die Gäste Bayern München und ASVEL Lyon-Villerubanne.

Andere Teams, aus denen sich die Europa League Basketball, Valencia Basket und Alba Berlin, BC Khimki, Roter Stern Belgrad und Zenit St. Petersburg, die wiederum jedes dieser Teams, muss die Gruppe A zu erreichen, so dass in allen 11 können ihre Dauerhaftigkeit zu gewährleisten, während die in der Gruppe B haben Zugang über Einladung.

Im Gegensatz dazu können die Mannschaften, die es in die Gruppe C schaffen, ein weiteres Jahr am Turnier teilnehmen, aber der Verbleib im Turnier hängt davon ab, dass sie es unter die besten acht Mannschaften schaffen, und die Gruppe D schließlich besteht aus den amtierenden Champions der Basketball-Europa-League, ein Format, das für ein hohes Maß an Wettbewerbsfähigkeit sorgt und Aufmerksamkeit erregt.

Wie man auf Basketball wettet

Basketballwetten sind aufgrund des Fanatismus, der sich um diesen Sport dreht, ein Sektor, der von Tag zu Tag wächst. Alle Augen sind ganz auf die NBA gerichtet, aufgrund des Erwartungsniveaus, das in diesem Bereich besteht, dann wird dies von der Europa League Basketball geteilt, die einen Platz von großem Niveau einnimmt.

Die Ergebnisse, die innerhalb der Basketball-Spiele präsentiert werden, wecken eine wichtige Inzidenz von Adrenalin, all dies infiziert Menschen, um ihr Geld in der Vorhersage der Ergebnisse zuzuweisen, wird dies effektiver, wenn Sie Zeit Reisende Daten, die Ihnen helfen, zu verstehen, was im Begriff ist zu geschehen.

Die Vielfalt der Wetten auf Basketball besteht aus den folgenden Alternativen, die es Ihnen ermöglichen, in die Wettumgebung einzutreten, indem Sie dem Ansatz folgen, was bei Basketballspielen passieren kann:

1. Sieger des Spiels

Beim Basketball ist es möglich, auf den Sieger eines Spiels zu tippen, da ein Unentschieden nicht zustande kommt. Wenn das Spiel jedoch verlängert wird, können viele dieser Wetten ungültig sein; es ist immer notwendig, auf den Sieger der vier Viertel als Ganzes zu tippen und die Möglichkeit hinzuzufügen, vorherzusagen, ob es zu einer Verlängerung kommt.

Diese Wettart wird als Moneyline bezeichnet. Die meisten Buchmacher bieten diese grundlegende Wettart an, wobei die Höhe der Quote je nach dem Grad der Bevorzugung der Mannschaft festgelegt werden kann, wobei die Mannschaft mit den geringsten Gewinnchancen am meisten zahlt, wenn das Ergebnis richtig ist.

Die Gewinnquoten, die verfügbar sind, sind die Heim- oder die Auswärtssiegermannschaft, wenn es um die Heimmannschaft geht, sind diese Quoten in der Regel viel niedriger, wenn der Außenseiter gewinnt, erhalten Sie hohe Gewinne, all dies wird von den Buchmachern bewertet oder geschätzt.

2. Das Auftreten einer Erweiterung

Um festzustellen, ob ein Spiel in die Verlängerung geht oder nicht, müssen Sie diese Genauigkeit haben, um sich für eine solche Wette zu entscheiden, diese Art der Vorhersage bringt gute Dividenden, bei denen Sie nur klären müssen, ob die Kontinuität entwickelt diese Werte manchmal keine großen Zahlungen ausstellen und das Risiko ist hoch.

Bei spannenden oder besonderen Spielen gegen konkurrierende Mannschaften steigen zwar die Quoten, um mehr Menschen zum Wetten zu animieren, aber wichtig ist, dass die Quoten analysiert werden, um zu sehen, ob sich die Wette lohnt, d. h. ob der Markt für diese Art von Wette günstig ist.

3. Handicap

Bei Handicap-Wetten wird auf den Unterschied zwischen dem Sieg oder der Niederlage einer Mannschaft getippt. Dies ist nützlich, um den Grad der Bevorzugung einer bestimmten Mannschaft zu bestimmen, da die Bedingung darin besteht, den Sieg einer Mannschaft um eine bestimmte Punktedifferenz zu treffen oder zu verlieren.

Wenn Sie den Vorteil wählen, können Sie Teil dieser Handicap-Option sein, die Handicap-Zahl kann nach dem Symbol, das Sie besitzen, gemessen werden, um die Höhe des Nachteils oder Vorteils, der auf die Leistung der Mannschaft festgelegt ist, daher ist die Quote auf diese Wette hoch.

4. Summen einer Sitzung

Es handelt sich um die Summe der von beiden Mannschaften erzielten Punkte, auf die man bis zum Ende des Spiels warten muss, obwohl die Buchmacher Vorhersagen zu einem bestimmten Viertel oder nach der Verlängerung erlauben, falls das Spiel diese Phase erreicht.

Für ein bestimmtes Spiel kann eine Gesamtzahl von Punkten festgelegt werden, der Buchmacher legt ein Maß fest, das auf den Höchst- oder Tiefstwert dieser Norm gesetzt werden kann, dies wird anhand der von der Mannschaft erzielten Punktzahlen geschätzt, um genauere Informationen über den Durchschnitt pro Spiel zu erhalten, sind diese Statistiken wichtig.

5. Nach Vierteln oder Teilen

Anstatt auf den Sieger des Spiels zu wetten, kann man auch eine Vorhersage über das Ergebnis in einigen Vierteln oder in einigen der beiden Spielhälften machen, d. h., wenn man auf eine Mannschaft wettet, kann man darauf setzen, dass sie das erste Viertel oder die erste Hälfte des Spiels gewinnt.

Obwohl diese Wettart als kompliziert eingestuft wird, weil in der Mitte des Spiels verschiedene Variablen auftreten können, wie z. B. die Spielweise beider Mannschaften, kann es innerhalb der Basketballleistung zu einer Progression der Ergebnisse kommen.

6. **Wetten Teaser**

Es handelt sich um einen Modus für erfahrene Wettende, denn die Teaser-Wette ist eine Kombination von Wetten, bei der vor Beginn des Spiels ein Maß festgelegt wird, obwohl Sie die Möglichkeit haben, die Handicaps zu ändern, so dass Sie den Teams, die Außenseiter sind, Punkte zuschreiben oder abnehmen können.

Wenn Sie in Kombination gewinnen wollen, besteht der Vorteil darin, dass nicht zwingend alle Vorhersagen richtig sein müssen. Die Buchmacher verlangen in der Regel bis zu zwei und sechs Wetten, damit der Teaser gültig ist, abgesehen davon, dass Sie nicht alle gewinnen müssen, was ein Vorteil ist.

7. **Spieler-Requisiten**

Die Möglichkeit, auf das Niveau oder die Leistung von Spielern zu wetten, ist eine Realität, nachdem diese Art von Wetten möglich ist, weil Requisiten als die beliebtesten Wetten innerhalb der NBA-Entwicklung bekannt sind, weil sie sich auf die Verdientheit des Ergebnisses eines Spielers beziehen, auf das Spiel Punkte, Rebounds, Doubles und mehr zu treffen.

Die Vorhersagen dieses Niveaus sind für Basketball-Experten gedacht, denn sie erfordern ein Follow-up der Zahlen dieser Sportart, da es notwendig ist, die Daten ihres Tagesablaufs während der Tage zu haben, an denen sie eingreifen, so dass sie zum Beispiel wetten können, dass ein bestimmter Spieler 40 Punkte machen wird, und so weiter.

Bei Basketballwetten verfolgt man in erster Linie die Leistung der Mannschaft oder des Spielers, denn nur so kann man als Visionär der sportlichen Entwicklung einen Gewinn erzielen.

NBA und Europa League Basketball - Vorschauen der Top-Teams

Die Basketball-Teams mit Projektion, sind immer große Präsentationen in der Zukunft, es ist eine Tatsache, wie die Verbesserung ihrer Kader ist die Ursache für die lang erwartete Triumphe und Trophäen zu kommen, vor allem im Hinblick auf die NBA und der Europa Basketball League, so ist es neugierig, dass Sie vorhersehen können, was passieren wird.

In der Zukunft arbeiten die echten Gewinner, die für Aufsehen sorgen, für Sie, um die Gegenwart umfassend zu verfolgen, indem Sie wissen, was als Nächstes passieren wird, so dass Sie nach den folgenden Punkten oder Prognosen verstehen können, was in der Zukunft kommt, aber vor allem können Sie aus der Art und Weise lernen, wie sich die NBA entwickeln wird:

- Boston Celtics, nach den nächsten 20 Jahren ohne Titelgewinn, wird zu dem zurückkehren, was es einmal war, so dass ihre NBA-Erfahrung zählt, ist dies eine wichtige Erleichterung, um die Werte, die Teil dieser NBA-Super-Champion-Team waren zurück in die Gegenwart zu bringen.
- In 15 Jahren werden die Los Angeles Lakers jedoch relevanter sein als je zuvor, denn sie sind der unangefochtene Meister der NBA, und ihre Stars werden sich weiterhin dazu inspirieren lassen, die Farben zu vertreten, die einst Kobe Bryant gehörten.
- Der Wettbewerb zwischen den Golden State Warriors und den Los Angeles Lakers wird nicht abreißen, denn die Warriors investieren weiterhin stark in die Zukunft, so dass einige ihrer Siege und Meisterschaften in den nächsten 20

Jahren überwiegen werden und ihren Namen als eine der erfolgreichsten Mannschaften der NBA bestätigen.

- An der Spitze der nächsten 30 Jahre, wird es die beste Zeit für die San Antonio Spurs, dank einer brillanten Spielweise, die eine gute Ära in der NBA öffnen wird, wird dies das Zentrum der Bewunderung im Basketball sein, gibt es keinen Zweifel, dass in der regulären Saison, ist es immer noch ein Team in Ihre Pläne aufzunehmen.
- Aber ein Rivale, der in den nächsten 15 Jahren alle Lorbeeren ernten wird, sind die Miami Heat, die die NBA gewinnen und in die oberste Liga der siegreichsten Teams aufsteigen werden, was bedeutet, dass die Basketballgeschichte weiterhin eine Rolle spielen wird.
- Das Relais der Zukunft ist auf New York Knicks, so wird es eine direkte Bedrohung für Ihr Lieblingsteam, weil es viele Wetten gegen sie brechen wird, Hervorhebung der Schönheit eines Sports, wo der Geist kann manchmal überwiegen jede Buchmacher Maßnahme.

Seit diesen Vorfällen wird die NBA weiterhin eine der Ligen sein, die die ganze Aufmerksamkeit der Fans auf sich zieht, jedes Team wird durch seine eigenen Attribute überraschen, wo die NBA-Ringe in den kommenden Jahren bleiben werden, hinter den erwähnten Teams, die in der Zukunft wirklich über den anderen stehen.

Auf der anderen Seite ist die Zukunft nach der Entwicklung der Europa Basketball League auch die Ausgabe von Champions, die zu ihrem historischen Ruhm zurückkehren, also müssen Sie die folgenden Prognosen kennen, die Teil der futuristischen Realität sind, diese Daten werden Ihnen erlauben, die folgenden Saisons mit einem hohen Maß an Erwartung zu genießen:

- Die Dominanz von Inter Mailand ist als Meister der Basketball Europa League direkt spürbar, sie haben das Lächeln und die Erfolge zurückgewonnen, die sie seit Jahren nicht mehr hatten. Wenn Sie Teil dieser Fangemeinde sind, können Sie erwarten, dass gute Zeiten in der Zukunft als ein Zeichen ihrer Fähigkeiten kommen.
- Sevillas Wiederaufstieg als Meister dieses Wettbewerbs ist jedoch eine Realität, um an der Spitze der Europa League zu bleiben, so dass sie in der Zukunft eine der wichtigsten Mannschaften sind, die man in Betracht ziehen sollte, da sie seit ihrer Geschichte in diesem Wettbewerb vor einiger Zeit waren.

- Der Kampf von Manchester United, gilt während der regulären Saison, die ersten Plätze zu erhalten, aus diesem Grund während der Wetten ist eine gute Alternative, um innerhalb der Wetten zu integrieren, weil es eine gute Ausbeute in den Erfolgen, die auf diesem Medium entstehen generieren wird.
- In den nächsten 25 Jahren wird Atletico Madrid eine ganze Reihe von Siegen anhäufen, die sie an die Spitze der Basketball-Europa-League-Rangliste bringen und so zu einer extrem erfolgreichen Mannschaft werden, die in ganz Europa eine klare Spur für die Zukunft hinterlässt.
- Inmitten der Meister, die für Überraschungen sorgen, wird Real Madrid auch einer von ihnen sein, indem es als geborener Gewinner in diesem Umfeld aufsteigt, dies wird nach diesen nächsten 7 Jahren geschehen, weil es einen wichtigen Beitrag von der Institution erhalten wird, um gute und effektive Unterzeichnungen zu bringen.

Auf diese Weise können Sie die wichtigsten Mannschaften in diesen Wettbewerben verfolgen, die im Basketball in der Zukunft großartige Ergebnisse erzielen werden. Ausgehend von dieser Realität, die früher oder später eintreten wird, können Sie sich um die Mannschaften herum positionieren, die in der Zukunft auf einem Erfolgspfad reifen werden.

NBA und Europa League

Im Basketball folgt alles den Trends oder Richtlinien, die der NBA und der Europäischen Basketball-Liga auferlegt werden, da sie die wichtigsten Wettbewerbe weltweit sind und ein Umfeld darstellen, in dem die Stars, die später an den Olympischen Spielen teilnehmen können, ausgebildet werden und ihre Talente in die Praxis umsetzen.

Die Länder der Welt werden durch die Entwicklung dieser Meisterschaften begünstigt, weil sie mehr erfahrene Spieler gewinnen und eine hohe Leistung aufrechterhalten, nachdem ein hohes Niveau der Nachfrage, so dass mehr wettbewerbsfähige Kader entstehen und Spieler, die in der Lage sind, die Aufzeichnungen von großen Ruhm zu halten.

Obwohl in Zukunft der Mut der Spieler zunimmt und sie sich nach besseren Verträgen oder Marken umsehen, wandern sie, wenn sie Meister in der NBA werden, in die Entwicklung der Europa League des Basketballs ab, so dass sie beide Wettbewerbe gewinnen können, und das ist derzeit eine Leistung, die kein Spieler besitzt.

NBA- und Europa-League-Basketball werden auf der ganzen Welt nachgeahmt, als Teil einer lokalen Entwicklung, bei der jüngere Spieler nur darauf abzielen, große Einzelauftritte zu absolvieren, und langfristig werden neue Namen entstehen, die eine klare Zukunft markieren.

In Zukunft wollen die Spieler ihre Gehälter besser absichern und einen komfortablen Lebensstil in anderen Ländern genießen. Die Verbindung zwischen der NBA und der Europa League wird also enger sein als heute, und dieser Wandel ist Teil der Zukunft.

NBA League Champions 2022-2050 Ergebnisse

Die Meister der NBA-Liga in der Zukunft halten den Stolz ihrer Geschichte, aber zur gleichen Zeit werden neue Teams in der Mitte dieser Liste der Meister erscheinen, wenn Sie diesen Trend entdecken wollen, ist ein Zeitreisender die Lösung, weil Sie Daten aus der Zukunft erhalten werden, die in den Erhalt dieser begehrten Meisterschaft übersetzt.

Die Antworten über die nächsten 30 Jahre und die NBA-Sportergebnisse, bevorzugen die folgenden Teams, die es geschafft haben, sich als Meister zu etablieren, zu entdecken, die in der Zukunft glänzen, finden Sie diese Daten genau über die Entwicklung dieser Teams in den nächsten 30 Jahren erhalten:

NBA-Ligameister 2022-2050	
Houston Rockets 2022-2033-2041	Houston Rockets 2031-2047
Philadelphia Sixers 2023-2035-2046	Miami Heat 2032-2045
San Antonio Spurs 2024-2028-2048	Milwaukee Bucks 2037-2041
Golden State Warriors 2025-2031	Brooklyn Nets 2034-2050
Chicago Bulls 2026-2027-2049	Boston Celtics 2035-2043
Los Angeles Lakers 2029-2044	Toronto Raptors 2036-2038
Detroit Pistons 2030-2036	Los Angeles Clippers 2039-2040

Alle diese Meister, die auf die Zukunft der nächsten 30 Jahre verschanzt sind, erreichen, dass nach den Siegen, ihre Spieler waren diejenigen, die die besten Statistiken erreicht, das ist, warum sie über die NBA in der Zukunft zu nehmen, können Sie heute die Ergebnisse zu folgen, um für diesen Sprung von Qualität, die sie an der Spitze platziert warten.

Baseball

Baseball auf weltweiter Ebene wird von der MLB (Major League Baseball) repräsentiert, einer professionellen Organisation, die sich dem Baseball verschrieben hat. Sie ist eine der ersten Ligen der Welt, weshalb sie seit ihren Anfängen die Teilnahme interessanter Fachleute von weltweitem Rang unterhält, die Begegnungen finden in den Vereinigten Staaten und Kanada statt.

Die Liga besteht aus insgesamt 30 Mannschaften, die sowohl in der National Baseball League (NL) als auch in der American League (AL) spielen, wobei jede Liga 15 Mannschaften umfasst. Dadurch kann ein Sport wie Baseball die Aufmerksamkeit von Millionen von Menschen auf der ganzen Welt auf sich ziehen, die ein Spiel besuchen und den Triumph großer Mannschaften unterstützen wollen.

Von jungen Athleten bis hin zu den erfahrensten, die sich in der MLB als Höhepunkt des sportlichen Erfolgs etablieren wollen. Was also in der Zukunft passiert, sollten Sie auf keinen Fall verpassen, und deshalb sind diese Vorschauen aus der Zukunft selbst genau das Richtige für Sie.

Vorhersagen für große Baseballmannschaften

Die Feier der MLB-Saisons, mit sehr attraktiven Champions, einige haben aufgehört zu glänzen, aber andere werden in der Zukunft wieder auftauchen, alle Bewegungen, die auf der MLB präsentiert werden, haben direkt mit dem Wettbewerb zu tun, die auf diesem Feld, das mehr Investitionen Jahr für Jahr gewinnt existiert.

Prognosen innerhalb der MLB haben viel mit den zukünftigen Leistungen der Teams zu tun. Anhand der Meisterschaftszahlen der Teams kann man den endgültigen Verlauf dieses Wettbewerbs erkennen, in dem sich jede Mannschaft zu weltbekannten Auszeichnungen entwickelt.

Jedes Team kämpft jedes Jahr um seine Krone, und so wird die wichtigste Baseball-Liga der Welt in den nächsten 30 Jahren voller Überraschungen und spannender Umzüge sein. Um einen genaueren Blick auf die kommenden Ereignisse zu werfen, sollten Sie die folgenden Zukunftsprognosen beachten:

- Die New York Yankees, die zwar weniger Siege einfahren, dann aber nach 10 Jahren wieder eine Dominanz an den Tag legen, die die Nostalgie ihrer besten Zeiten zurückbringt, sind ein Team, das viel beizutragen hat, denn der Gewinn der MLB ermutigt sie in jeder Hinsicht.
- Die San Francisco Giants werden die MLB wieder mit hervorragenden Spielern erreichen, und wenn sie ihren Kader verstärken, werden sie Spieler haben, die sich dafür einsetzen, dieses Team wieder zum Gewinn der Meisterschaft zu führen, aber in den nächsten 5 Jahren werden sie ihre Division mit einem Erdrutschsieg gewinnen.
- Gleichzeitig erlebten die Detroit Tigers in den nächsten 20 Jahren einen Aufschwung. Sie wurden zu einer wertvollen Mannschaft, die ihre Zahl der MLB-Siege auf 7 erhöhte und mit den Dodgers in der Mitte der Siegesserie gleichzog.
- Die guten Ergebnisse in den nächsten 25 Jahren werden die Entwicklung der Chicago Cubs begleiten, da sie in den Jahren 2045 bis 2050 mindestens zweimal Meister der Baseball-Liga werden und eine größere Fangemeinde gewinnen, als dies derzeit der Fall ist.

- Aber die Macht der Boston Red Sox wird sich in den nächsten 15 Jahren entfalten, wenn sie eine wertvolle Dynastie bilden, zu ihren guten alten Zeiten zurückkehren und sich 14 MLB-Titeln nähern, um den Fortschritten oder Triumphen der New York Yankees auf den Fersen zu sein.

Hinter diesen Prognosen, die jetzt in die Zukunft gehen, kann man eine Vorstellung davon bekommen, was im professionellen Baseball passieren wird. Die Zuschauer werden die Ergebnisse, die enthüllt werden, aufmerksam verfolgen, um Teil dieser Zukunft zu sein, in der die Dynamik des Wettbewerbs, die in diesem Sport traditionell ist, weitergeht.

Von nun an können Sie jede Unterzeichnung untersuchen, wie die Innovation jedes Teams, unter Berücksichtigung, wie weit sie gehen werden, dass Ziel auf die Zukunft angepasst, ermöglicht es Ihnen, Klarheit über das, was passieren wird, aber Sie haben den Anhaltspunkt, die Zukunft zu erkennen, um zu verfolgen, wie weit die Teams gehen werden.

Wie Baseball-Wettbewerbe funktionieren

Die Zusammensetzung der MLB Wettbewerb ist 30 Teams, wo 15 gehören zu der American League und 15 auf die National League, diese Ligen leiden eine andere Division beschrieben als; Ost, Zentral-und West, aus diesen Divisionen sprießen Meister, die Teil der Entwicklung der Playoffs werden können.

Auch wenn in der Mitte der Playoffs zwei weitere Teams hinzukommen, die als Wild Cards bezeichnet werden, kommt es zu einem Duell, bei dem der Sieger einen Platz in der Divisionsserie erhält, in der es dann zum Showdown mit dem Team kommt, das den höchsten Gewinnprozentsatz gegenüber dem Divisionsmeister aufweist.

Damit verbleiben vier Teams nach jeder Liga, im Falle des Wildcard-Teams wird dies das Gegenteil von demjenigen mit dem besten Gewinnprozentsatz über die Division, wie oben erwähnt, die Dynamik des Baseballs beginnt die Championship Series, das ist die nächste Runde, in der zwei Gewinnerteams aus der Divisionsserie einander gegenüberstehen.

Die erste Mannschaft, die 4 Spiele einer 7-Spiele-Serie gewinnt, ist der würdige Sieger der Serie. Dann beginnt die World Series, in der sich die besten Mannschaften jeder Liga das Recht verdienen, zu spielen, wobei die Mannschaft mit den meisten Siegen über 4 Spiele der MLB-Champion im World-Series-Format ist.

Baseballwettbewerbe sind aufgrund der Spielklassen und der Art und Weise, wie die Mannschaften gegeneinander antreten, sehr attraktiv, und die Spielserien lassen das Adrenalin der 7-Spiele-Serie in die Höhe schnellen, weil jeder wissen will, wer der Sieger dieser Begegnungen sein wird.

Die Leidenschaft, die in der Mitte der Baseball-Liga existiert, wie die MLB, hat mit einer Vielfalt von Teams, die die Nachfrage zu erhalten, ist es eine Liga in Kraft, die ihren Kurs dank der Menge an Talent, die entsteht, aus verschiedenen Nationalitäten und stellt den Traum eines jeden Athleten.

So funktioniert es heute, und die Zukunft der World Series wird eine viel größere Anhängerschaft bekommen, dank der Einbeziehung von Technologie, um alle Spiele und Unterzeichnungen zu erzählen, so dass die Erwartungen, die Teil der MLB sind, immer noch lebendig und gut über die nächsten 30 Jahre hinaus sind.

Wie man auf Baseball wettet

Die Wettmöglichkeiten im Baseball sind vielfältig, da es sich um eine sehr populäre Sportart handelt, aber die Regeln können anfangs schwer zu verstehen sein, vor allem, wenn Sie kein Fan dieser Sportart sind, aber leidenschaftlich gerne vorhersagen, was in den Spielen passieren könnte, um eine Chance auf Geld zu haben.

Die Ergebnisse, die während eines Baseballspiels eintreten können, unterliegen einer Vielzahl von Variablen, die Teil der möglichen Wetten sind. Sie müssen also wissen, wie Sie die Siege und Niederlagen analysieren können, um ein Profil jeder Mannschaft zu erstellen, und Zugang zu den folgenden Wettarten haben:

1. Geldlinie

Dies ist eine gängige Wettart, bei der man auf die Mannschaft wettet, von der man glaubt, dass sie das Spiel gewinnen wird. Um diese Art von Wette richtig abzuschließen, muss man eine Aufzeichnung über die gute oder schlechte Dynamik der Mannschaften haben, damit man informiert ist und dem Gewinner des Baseballspiels einen Schritt voraus sein kann.

2. Laufbahnen insgesamt

Bei dieser Wettart, die sich an der hohen oder niedrigen Gesamtzahl des Spiels orientiert, werden Baseballkenntnisse sowie die Schlag- und Pitching-Leistungen der sich ge-

genüberstehenden Mannschaften getestet, um einen genaueren Blick auf die Gesamtzahl der erzielbaren Runs zu erhalten.

Die Fähigkeit der beiden Mannschaften, die hohe Anzahl von Runs im Baseballspiel oder die niedrige Anzahl von Runs zu überwinden, wird auf die Entwicklung des Spiels angewandt, um die endgültige Bildung des Ergebnisses des Spiels zu messen, weshalb sie eine Modalität darstellt, die im Detail untersucht werden muss.

3. Handicap

Das Handicap als Wette wird als die Gesamtzahl der Runs festgelegt, die eine Mannschaft im Spiel macht, was einen Unterschied für die eine oder andere Mannschaft ausmachen kann, d. h. es entspricht einem viel punktgenaueren Treffer, weil es mit den Runs zu tun hat, die eine Mannschaft gegenüber einer anderen in Vorteil bringt.

4. Linie laufen

Dabei handelt es sich um Rennlinien, d. h. um eine Wette, bei der es auf Details ankommt, weil sie über die Anforderungen des Handicappers hinausgeht, wobei die Spieler einen Parameter wie -1,5 Runs für die favorisierte Mannschaft zusätzlich zum Maß +1,5 für die andere Mannschaft festlegen können.

Bei dieser Wette ist es erforderlich, dass die Mannschaft das Spiel mit zwei oder weniger als zwei Runs im Vergleich zum Gegner beendet, d. h. entweder für oder gegen den Gegner, wobei dies alles von der Wettlinie des Buchmachers abhängt, bei dem Sie die Wette platzieren möchten.

5. Besonderheiten

Die Specials sind Online-Wetten, die Details erfordern, d.h. es kann darstellen, welche Art von Pitcher in der Lage sein wird, Strikeouts zu bekommen, d.h. es konzentriert sich auf die Art von Spielen oder Leistungen hinter den Stäben, auch hinter diesem Modus können Sie festlegen, wer den ersten Home Run des Spiels machen wird.

Da es sich hierbei um Spezialwetten handelt, bieten sie wirklich auffällige Quoten, da man zu viel über die Art der Leistung sowohl der Mannschaft als auch des Spielers wissen muss, um das Verhalten auf einer häufigen Linie zu fixieren, so dass man vorhersagen kann, wie man in Zukunft abschneiden wird.

6. Wetten auf die Zukunft

Es ist Teil der einfachen Baseball-Wetten, wo Sie feststellen können, wer wird der MLB-Champion zum Beispiel, so erkennen, was in der Zukunft passieren wird, ist eine breite Lösung, weil Sie in der Lage sein, zu bestimmen, welches Team für die Playoffs qualifizieren, ist es eine totale Antizipation.

7. Prop-Wetten

Prop-Wetten stehen in direktem Zusammenhang mit Strikes und Homeruns, weshalb sie als Spezialwette eingestuft werden, bei der der Wettende die Möglichkeit hat, sich auf bestimmte Situationen zu konzentrieren, um die Anzahl der Strikes oder Homeruns zu treffen, die ein Spieler oder ein bestimmtes Team erzielen kann, was von den Spielen und nicht vom Spiel abhängt.

Dies sind die Möglichkeiten, um auf Baseball zu wetten, können Sie wählen, je nach der Art der Ansicht, die Sie des Sports haben, wie Sie auf eine bestimmte Wette mit zukünftigen Daten konzentrieren, können Sie eine bestimmte finanzielle Belohnung zu bekommen, so ist es ein großer Vorteil, um die Genauigkeit der Ereignisse, die möglicherweise über zu geschehen haben.

Baseball League Champions 2022-2050 Ergebnisse

Die Meister der Baseball-Liga, die in den Jahren 2022 bis 2050 ermittelt werden, sind eine Art Geschichte, die man mitverfolgen kann, da man sie nutzen kann, um ausführlich auf alle anstehenden Spiele zu wetten, und die Möglichkeit hat, auf besondere Weise zu investieren, indem man zum Beispiel auf den Meister tippt, was die Wichtigkeit erhöht, das Geschehen mitzubekommen.

Da viele MLB-Teams in den nächsten 30 Jahren ihre Geschichte aufbauen und eine Reihe von Meisterschaften erringen werden, die zu den siegreichsten Teams zählen, lohnt es sich, diese Entwicklungen genau zu beobachten, um das Baseballerlebnis anders zu gestalten:

Meister der nationalen Liga 2022-2050	
Philadelphia Sixers 2022-2037	Milwaukee Brewers 2029- 2034
New Yorker Mets 2028-2047	Pittsburgh Pirates 2042-2039
Whasington Nationals 2023	Miami Marlins 2037-2027

Cincinnati Reds 2038-2041	Atlanta Braves 2044
Chicago Cubs 2024-2030	St. Louis Cardinals 2048
Arizona Diamondbacks 2050-2025	Los Angeles Dodgers 2031
San Diego Padres 2033-2049	Colorado Rockies 2045

Die Ergebnisse der National League, die Aufdeckung der Champions, die auf lange Sicht präsentiert werden, das ist die Spur der Entwicklung, die in der MLB präsentiert wird, es ist eine Liga, die weltweit verfolgt und jetzt können Sie die Kontinuität der gleichen mit zukünftigen Daten folgen, stellen einen Schlüssel zu den Wetten Welt.

Ebenso wie die National League kann auch der Meister der American League als eine weitere MLB-Division entdeckt werden, und ihr Verlauf oder ihre Entwicklung ist sicherlich Teil einer Entdeckung der Zukunft, die es Ihnen ermöglicht, zu erkennen, in welche Richtung sich diese Liga entwickelt, wie unten dargestellt:

Meister der amerikanischen Liga 2022-2050	
New York Yankees 2023-2028-2031	Seattle Mariners 2032-2044
Detroit Tigers 2022-2025-2049	Kansas City Royals 2033- 2048
Houston Astros 2024-2035	Chicago White Sox 2034-2050
Texas Rangers 2025-2027	Toronto Blue Jays 2036-2043
Tampa Bay Rays 2026-2039	Cleveland Indians 2039-2045
Minnesota Twins 2029-2042	Baltimore Orioles 2040-2046
Boston Red Sox 2030-2037	Los Angeles Angels 2041-2047

Die Projektion der American League in der Zukunft deutet auf die ehemaligen Meister oben beschrieben, das ist die authentische Schicksal, dass die MLB wird zu leben, wird dies eine Antwort auf Wetten von besonderem Charakter zu machen, weil Sie die Genauigkeit der Saison, in der diese Teams gehen, um weit zu gehen haben.

Die nächsten Rankings zu berücksichtigen haben mit der World Series, wo die Aufmerksamkeit auf die MLB wirklich erhöht zu tun, ist es eine Phase, durch die Sie in der Nähe der Ergebnisse, die jedes Team zu erhalten, obwohl es Variablen von Änderungen durch die Teams in der Gegenwart gemacht werden können.

Meister der Baseball-Liga 2022-2050	
New York Yankees 2028-2031	Milwaukee Brewers 2029-2034
Detroit Tigers 2022-2049	Tampa Bay Rays 2026-2029
New Yorker Mets 2047	Minnesota Zwillinge 2042
Philadelphia Sixers 2037	Pittsburgh Pirates 2042-2039
Cincinnati Reds 2038-2041	Toronto Blue Jays 2036-2043
Houston Astros 2025-2027	Baltimore Orioles 2040-2046
Arizona Diamondbacks 2050	Miami Marlins 2027

Sportprognosen in der MLB bringen ans Licht, was in dieser Disziplin passieren wird, wo sie im Moment als Überraschung gesehen werden können, aber es verkürzt das Niveau des Zufalls, der über den Sport existiert, aber zumindest ein Hinweis erzeugt eine klarere Vision, indem man genau verfolgt, was in diesen Jahren passiert.

Im Sport kann bestimmt werden, was passieren wird, wenn es ein Auge der Zukunft gibt, das Daten liefern kann, all dies unterliegt der Verantwortung der Gläubigen, aber in der Zukunft passieren sie, es bleibt nur zu beobachten, was in der MLB progressiv und in jeder anderen Disziplin passiert.

Made in the USA
Monee, IL
14 July 2025